AR BED ALL
Le Club de l'Au-delà

Retrouvez nos héros sur leur page Facebook :
Le Club de l'Au-delà

www.beluga-jeunesse.com
www.coop-breizh.fr

ISBN 978-2-84346-645-8

ZA Kerangwenn 29540 Spézet/Speied

AR BEDALL

Le Club de l'Au-delà

Tome 1

Les Naufragés de Gavrinis

Texte de Yann Tatibouët
Illustrations d'Hugues Mahoas

beluga®

Chapitre I
Une étrange épave

Il y a des matins où un petit gars de la côte ne devrait pas mettre le nez dehors.

Ce n'est pas que le vent soit plus violent que la veille ou que l'océan jette des vagues plus dangereuses qu'à l'ordinaire.

Non, ces jours d'ennui, c'est simplement…

… que l'hameçon reste désespérément vide…

… que le bois flotté vogue dans d'autres courants…

… ou que les laisses de mer refusent de s'échouer.

Un de ces matins-là, trois amis qui longeaient le rivage du golfe du Morbihan commençaient à regretter amèrement leur balade.

— Allez, on rentre ! lança le plus jeune. Ça ne sert à rien de rester dans le coin. Et si on allait plutôt faire un jeu vidéo à la maison ? Je viens justement d'en télécharger un génial. On s'y croirait. Je vais vous atomiser ! Alors, qu'en dites-vous ?

Loïc n'obtint pas la réponse espérée. Ses amis, Youna et Mael, ne l'écoutaient pas, les regards fixés sur une épave qui s'annonçait au loin sur la grève.

— Ohé, je vous parle ! Allez, on met les voiles.

— Regarde ce qu'il y a devant toi au lieu de hurler comme un goéland affamé, lui précisa finalement Mael.

— Et alors ? C'est le fameux bateau des naufragés… Nous l'avons déjà vu cent fois en passant par ici…

— Peut-être bien que nous l'avons déjà vu mais nous ne sommes jamais montés à son bord pour l'explorer que je sache…

— Et vous savez bien pourquoi : ce rafiot est maudit. Il y a quelques années, deux garçons sont partis en mer avec lui, et ils ont disparu sans que l'on retrouve leurs corps.

La marée ne les a jamais rendus. Seul le bateau est venu s'échouer ici. On raconte que tous ceux qui s'en approchent sont entraînés à tout jamais par des sirènes vers les grands fonds… précisa Loïc en mimant un monstre emportant sa victime.

— Des sirènes maléfiques, si seulement ça pouvait être vrai… soupira Youna, qui adorait les histoires qui font peur.

— Pour ma part, déclara Mael, je suis comme saint Thomas : je ne crois que ce que je vois. Je ne conçois donc pas l'existence des sirènes, pas plus que celle des vampires, mais j'aimerais bien aller jeter un coup d'œil à l'intérieur pour savoir ce qui s'y trouve. La curiosité est peut-être un vilain défaut mais elle est le meilleur moyen d'avoir des réponses.

— Les vampires existent bel et bien ! protesta Youna, comme les morts-vivants, les loups-garous et…

— … le croque-mitaine !

Youna courut le poing serré après Mael pour lui faire passer l'envie de se moquer d'elle. Qu'y pouvait-elle si elle préférait les romans d'horreur à ceux à l'eau de rose ?

— Le dernier à bord est un gros tas de guano ! hurla Mael en s'élançant.

— Je vous dis qu'il est hanté ! soupira Loïc qui traînait des pieds.

Il piétina plusieurs secondes sur le sable avant de crier à ses amis déjà parvenus à l'épave :

— Hé ! attendez-moi ! Ne me laissez pas tout seul !

CHAPITRE 2
La carte des naufragés

— Bouge-toi, Loïc! Tu traînes! Je te dis qu'il n'y a rien à craindre. Les malédictions n'existent que dans les livres et les films.

— Je n'ai pas la pétoche : c'est juste que le pont est pourri et que je n'ai pas envie de passer au travers du bois pour me retrouver à fond de cale…

— Bien sûr, bien sûr, et c'est aussi à cause du pont que tu tricotes des genoux.

Étrangement, l'intérieur du bateau n'était pas vide. Bien au contraire, tous les objets présents avant le naufrage étaient encore dans la cabine, en désordre mais bien là, éparpillés sur le sol.

— On n'emporte rien ! ordonna Youna. C'est bien compris ? Nous ne sommes pas des vulgaires pilleurs d'épaves. D'ailleurs, les morts n'aiment pas qu'on les vole, et ils pourraient revenir se venger et nous tourmenter…

— D'accord, acquiesça Mael, mais nous pouvons quand même toucher… Ouah ! Regardez le sextant ! et la longue-vue ! On se croirait revenu au temps de la marine à voile : gabiers, grimpez au cacatois, virez au cabestan. Ah ! découvrir des continents ! remonter des fleuves ! explorer des détroits ! J'aurais été un fabuleux capitaine au long cours.

— Arrête ta caravelle, Christophe Colomb ! En plus, il y a aussi des instruments de navigation plus modernes : un sonar, une radio…

Loïc ne partageait pas l'enthousiasme de ses amis, les yeux fixés sur une étrange gravure dans le bois de la coque.

— Venez voir ! leur lança-t-il.

— Qu'as-tu déniché ? un sabre d'abordage ? un coffre ? une carte au trésor ? s'enquit Mael, impatient.

— Oui, on dirait bien une carte mais pas une de celles qui mènent à un trésor de pirates… Je dois néanmoins admettre que je n'ai encore jamais vu de carte de pirates… et encore moins de trésor d'ailleurs…

— Trop bizarre le dessin !

— C'est quoi à votre avis ces deux drôles de cercles collés ? une paire de lunettes d'extra-terrestres ? deux planètes qui vont se toucher ? demanda Loïc.

— Mais non, benêt, ce n'est pas dans le ciel qu'il faut chercher la réponse, pas plus que sur le plancher des vaches, mais sur l'océan.

— Tu peux préciser aux pauvres ignorants que nous sommes, mademoiselle Je-sais-tout ?

— Ça me paraît évident, fanfaronna Youna, c'est Er Lannic, l'îlot près de Gavrinis. Comme vous le savez, il est couvert de menhirs : or, ils forment deux cercles dont une partie est immergée.

Et pour votre culture, sachez qu'un ensemble de menhirs disposés en cercle se nomme un *cromlech.*

— Qu'est-ce que ça peut bien vouloir dire ?

Les enfants réfléchirent, et ce fut finalement Loïc qui proposa une explication vraisemblable :

— C'est là que les deux disparus se trouvaient avant le naufrage. Ils ont juste eu le temps de graver ce dessin avant de quitter leur bateau qui a dérivé ensuite jusqu'ici.

— Ou de la graver après leur noyade : ce serait alors comme un message d'outre-tombe ! Trop super… trop génial… trop… soupira Youna, qui ne parvenait même plus à trouver d'adjectifs pour qualifier leur fantastique découverte.

— Sauf qu'ils sont peut-être encore vivants… s'aventura Loïc.

— Ce n'est pas possible ! On les aurait retrouvés depuis le temps…

— Peut-être pas… Peut-être qu'ils sont retenus contre leur gré…

— Le mieux serait encore d'aller voir… murmura Mael.

Les trois amis se regardèrent. Une balade en mer s'imposait.

Chapitre 3
Une île déserte ?

Portés par un bon vent, souquant ferme sur les avirons, ils parvinrent rapidement en vue d'Er Lannic. L'îlot était reconnaissable entre tous, non seulement en raison de sa double enceinte de pierres levées, mais aussi parce qu'une nuée d'oiseaux lui dessinait dans le ciel une couronne dansante et hurlante.

C'est ce moment que choisit le brouillard pour surgir, comme par enchantement, et rapidement couvrir la surface des flots.

— Il va falloir que nous accostions, proposa Mael. On ne voit rien d'ici…

— Tu as raison, approuva Youna debout à la proue du bateau : sans mettre pied à terre, nous n'avons aucune chance de les repérer.

— Vous savez bien que nous n'avons pas le droit : c'est une réserve ornithologique interdite aux visiteurs, précisa Loïc. Je ne tiens pas à avoir des ennuis avec les gendarmes maritimes.

— Ne t'inquiète pas, s'ils passent par là, nous leur expliquerons. Je suis certain qu'ils seraient ravis que nous les mettions sur la piste des disparus.

— Tu dis ça… Tu dis ça… Je vois d'ici la tête de ma mère si je rentre à la maison avec un casier judiciaire long comme la liste de zéros sur mon bulletin de notes… Je ne crois pas qu'elle serait heureuse d'avoir un fils délinquant…

— Ce qui pourrait être chouette, rêva Youna à voix haute, ce serait qu'ils nous prennent en photo en tenant une pancarte avec un numéro de matricule écrit dessus… comme dans les séries à la télé…

— Arrêtez de vous faire un film… Dans le pire des cas, ils nous demanderont de partir lorsqu'ils auront compris que c'est pour la bonne cause que nous sommes venus. En plus, je crois me souvenir que l'interdiction est valable en été, pas en automne… Tiens, c'est bizarre, vous avez remarqué que le brouillard est plus épais d'un coup ?

— Oui, tu as raison… et ce n'est pas très rassurant. Et si nous rentrions avant de nous perdre ? bredouilla Loïc.

— Pas question de reculer à présent ! Je vois le fond, nous approchons du rivage, précisa Youna.

Immédiatement, la barque s'échoua et la jeune fille sauta sur le sable pour la tirer au sec. Rejointe par les garçons, ils conjuguèrent leurs efforts pour parvenir en haut de la plage, pensant alors l'avoir mise hors d'atteinte de la marée montante.

— Ça devrait suffire, assura Mael.

Ils se dirigèrent vers les masses sombres des menhirs qui déchiraient les nappes de brouillard. Impressionnés par l'atmosphère mystique, ils restèrent plusieurs minutes sans bouger. Ce fut finalement Loïc qui brisa le silence :

— C'est étrange… Vous allez penser que je pète un câble, mais j'ai l'impression que ces cailloux sont…

— … chauds… et même…

— … vivants ! s'exclama Youna.

Les trois amis se regardèrent, puis rirent d'avoir pu penser une telle chose.

— Cette fois-ci, nous décampons, proposa Loïc. Il n'y a personne ici.

— Du moins rien de vivant, murmura Youna en se fiant à son sixième sens.

— Attendez, les retint Mael, il faut encore que nous vérifiions le centre de l'îlot. Ce serait trop bête d'être passé à côté d'un indice.

Ils s'enfoncèrent en prenant garde aux nids d'oiseaux, fouillant le moindre recoin à la recherche d'empreintes, mais ils ne trouvèrent rien de probant.

La surprise les attendait sur la plage : leur barque avait largué les amarres !

— Nous sommes bloqués ici ! pleurnicha Loïc. Et la nuit va bientôt tomber…

CHAPITRE 4

Un bien inquiétant visiteur

Lorsque l'obscurité s'annonça, les enfants durent se rendre à l'évidence : personne ne viendrait plus les secourir avant l'aube. Ils avaient bien essayé d'appeler à l'aide, mais aucun bateau n'avait croisé assez près d'Er Lannic pour les repérer. Les navigateurs étaient rares sur les eaux du Golfe en cette saison.

— Tout ça, c'est de ta faute, Mael. Tu as dit que le bateau était en sécurité, accusa Loïc.

— Vous l'avez aussi pensé, si mes souvenirs sont bons…

— Qu'est-ce que nous allons devenir ?

— Ce sont nos doigts qui vont être glacés en premier, crut bon de préciser Youna, puis lentement tout le corps. On nous retrouvera au printemps, congelés comme les poissons panés de la cantine, serrés les uns contre les autres…

— Arrête ton délire, intervint Mael, ce n'est pas drôle…

— Les oiseaux feront leurs nids sur nos têtes momifiées après nous avoir gobé les yeux… poursuivit la jeune fille.

— En premier, il ne faut pas s'inquiéter, les secours doivent déjà être en route. Nos parents les auront prévenus en ne nous voyant pas rentrer.

— … et les crabes nous dévoreront les entrailles…

— Au pire, pensa Mael à voix haute, un hélicoptère nous repérera au petit matin. Ce qu'il nous faut c'est simplement passer une nuit au chaud, et pour ça rien de mieux qu'un bon feu !

— Mais comment l'allumer ? s'enquit Loïc.

— Aucun problème : j'ai toujours un briquet sur moi pour allumer les mèches de pétards. Quant au bois, nous devrions bien trouver ce qu'il faut sur l'île...

Les espoirs de Mael furent rapidement déçus. Il y avait peu d'arbres sur l'île et le bois mort se faisait rare. Pire encore, les quelques branches qu'ils trouvèrent étaient trop humides pour brûler correctement. Ils n'obtinrent qu'une flambée verdâtre qui ne leur réchauffait que les mains.

— On est cuit ! On ne passera pas la nuit...

— On est cuit : façon de parler ! sourit Youna, qui ne parvenait pas à prendre la situation au sérieux.

Ils se blottirent un peu plus pour échapper à la morsure du froid, regrettant de ne pas s'être revêtus de vêtements plus chauds. Ils n'avaient jamais rien eu contre une nuit à la belle étoile, bien au contraire, mais en été et avec l'équipement nécessaire.

CRAC

— Youna… Mael… Je crois que j'ai entendu du bruit derrière nous… chuchota Loïc.

— Ce sont mes dents qui claquent, précisa Mael. Essaie de dormir.

— Non, ce n'est pas ça. On aurait dit des pas…

— Sans doute ceux d'une bête affamée qui rôde à la recherche de chair fraîche, ou, mieux, d'une créature de la nuit tout droit sortie de l'enfer en quête d'âmes innocentes…

— Youna, ce n'est vraiment pas le moment. Si c'est bien une bête, ce doit être un oiseau…

Mais la voix qu'ils entendirent alors n'avait rien d'animale :

— Bonsoir ! Je me suis dit qu'un peu de bois vous ferait plaisir.

Les trois amis sursautèrent.

Devant eux se tenait un garçon de leur âge mais d'aspect étrange. Inquiétant même. Il portait des lunettes cassées et tenait dans ses bras des branchages sortis de nulle part qu'il déposa pour nourrir le feu. Des flammes illuminèrent aussitôt la nuit et dégelèrent les corps transis, mais les enfants n'étaient pas rassurés pour autant…

La peur avait remplacé le froid.

Chapitre 5

Malédiction à part…

Pendant plusieurs minutes, aucun mot ne parvint à sortir de la bouche des trois amis malgré les nombreuses questions qui les tenaillaient. Le visiteur aussi restait silencieux après s'être assis confortablement de l'autre côté du feu de camp.

— Vous avez vu ? demanda Youna à voix basse. Il est couvert d'algues comme s'il sortait de la mer après un long séjour dedans.

— Oui, répondit Loïc, et sa peau aussi a un

drôle d'air : on dirait qu'elle est transparente. Une telle couleur ne peut pas être naturelle.

— Qu'allez-vous imaginer ! C'est juste un naufragé comme nous. Il a dû tomber à l'eau et gagner l'île à la nage.

— Ben voyons ! Le même jour, au même endroit… Je ne crois pas trop aux coïncidences. Si ça se trouve, il nous attendait… Peut-être même qu'il nous a suivis…

— C'est la malédiction ! s'exclama Loïc. Je savais que nous n'aurions pas dû monter à bord du bateau échoué et fouiller sa cabine. Il va nous emporter l'un après l'autre vers les abysses. On ne nous retrouvera plus jamais. Je ne reverrai plus ma console de jeux, ma collection de maillots de foot dédicacés et…

— La seule chose que tu ne reverras plus si tu continues à te lamenter, c'est ta fierté. Et moi, je vais perdre patience. Le mieux, c'est encore de lui demander d'où il vient et nous serons fixés…

Mael se redressa, fit quelques pas vers l'inconnu et s'agenouilla non loin de lui. Non loin de lui, mais pas trop près quand même. Il avait beau affirmer qu'il n'avait peur de rien ni de personne, il préféra garder une distance de sécurité.

— Bonjour, je me nomme Mael, et voici Youna et Loïc. Cet après-midi, nous sommes venus sur l'île et notre barque a été emportée par la marée. Et toi, que fais-tu là ?

— Moi ?! Quelle drôle de question… Je vis ici…

— C'est impossible de vivre ici ! Il n'y a pas de maison, et puis nous avons tout fouillé sans te trouver…

— C'est que vous n'avez pas cherché au bon endroit… Vous n'êtes pourtant pas passés loin.

Youna et Loïc se serrèrent un peu plus en entendant la remarque de l'inquiétant visiteur. Chacun avait son idée sur son origine :

— Il vient de sous la terre, comme tous les zombies, proposa Youna.

— De sous la mer, assura Loïc, comme tous les monstres marins.

— Je vous ai bien vus passer, mais je ne pouvais pas encore vous parler. Je devais attendre la nuit, précisa le nouveau venu.

— Pourquoi donc ? Tu as cette maladie qui empêche de s'exposer au soleil sous peine de brûlures ? demanda Mael pensant avoir trouvé une explication rationnelle. Je crois qu'elle se nomme xeroderma pigmentosum.

Ses deux amis ne purent s'empêcher de sourire :

— Comment il se la joue en étalant sa science !

— Il a appris un mot dans le dictionnaire et il faut qu'il le ressorte !

L'étrange apparition répondit finalement :

— Non, je n'ai pas cette maladie : je ne suis pas un enfant de la Lune. Je n'ai plus aucune maladie d'ailleurs…

Étrangement, il ne paraissait pas se réjouir d'être en bonne santé. Bien au contraire, son visage s'était renfrogné, attristé même.

CHAPITRE 6
D'une île à l'autre

Assis autour du feu, les trois amis écoutaient à présent attentivement le visiteur :

— Aucune maladie… si ce n'est la solitude… Oui, je me sens bien seul…

— C'est bien triste, mais nous n'y pouvons pas grand-chose… Nous sommes pour l'instant bloqués ici mais dès que nous le pourrons nous retournerons sur le continent, précisa Loïc.

— Vous n'irez nulle part !

— C'est une menace ? demanda Mael en serrant les poings, se demandant s'il n'avait pas sous-estimé le danger de cet étranger.

— Pas du tout. Je voulais simplement dire que vous n'irez nulle part sans votre bateau.

— Tu sais où il est ? demanda Youna, soupçonneuse.

— C'est possible… Je pourrais même vous indiquer où il se trouve.

— C’est donc toi qui l’as caché ! Ce n’est pas la mer qui l’a emporté.

L’inconnu ne répondit pas, préférant poursuivre sur un autre sujet :

— Oui, je me sens bien seul sans mon frère. Il devait me rejoindre mais il n’est jamais arrivé jusqu’ici.

— Si on le voit, on lui passera le bonjour de votre part ! lança Loïc en faisant mine de se lever.

Youna, au contraire, trouvait l'inconnu de plus en plus intéressant, devinant qu'il y avait là un mystère à résoudre :

— Pourquoi ne vous a-t-il pas encore rejoint ?

— Je ne sais pas vraiment... C'est d'autant plus surprenant que je lui ai laissé un indice pour qu'il puisse facilement me retrouver : j'avais gravé la carte de cette île pour lui indiquer l'endroit où je me trouvais, mais il n'est jamais venu.

— Vous êtes l'un des enfants disparus ! s'exclamèrent-ils ensemble. Nous avions raison de penser que vous étiez sur Er Lannic !

— J'ai besoin de votre aide pour le retrouver... Sans vous, je n'y arriverai pas.

— Pourquoi donc ne pouvez-vous pas vous débrouiller seul ?

— Disons que je ne peux plus faire seul certaines choses comme manœuvrer une barque avec des avirons... et puis il n'y a pas que ça...

— Quoi d'autre ? demanda Youna, de plus en plus intriguée.

— Voilà : je sais où il est...

Le mystérieux personnage leva alors le bras et désigna l'île de Gavrinis, jetée à quelques encablures de celle d'Er Lannic. Malgré l'obscurité, ils pouvaient deviner le cairn qui la surplombait.

— … mais lorsque je lui fais signe, il va se cacher. Certaines nuits de pleine lune, sa silhouette se dessine lorsqu'il m'observe… mais il ne répond jamais à mes appels… Il ne veut donc plus me parler même si je ne sais pas très bien pourquoi. Avec vous, il acceptera peut-être de s'expliquer…

— On va vous aider ! s'exclama Youna.

— Enfin, on pourrait peut-être d'abord rentrer et vous envoyer de l'aide après… proposa Loïc.

— Et s'il ne nous écoute pas ? demanda Mael, circonspect.

— Alors tant pis… Je n'aurais plus qu'à revenir ici. Au moins, j'aurais tout tenté pour le retrouver.

Les trois amis se regardèrent et s'écartèrent pour discuter :

— Nous n'avons pas besoin de discuter : il faut y aller ! lança Youna.

— Tu vois bien qu'il n'est pas... humain... C'est un fantôme, si vous voulez mon avis... assura Loïc.

— Raison de plus pour passer à l'action...

— On se calme ! On n'a aucune preuve de ce qu'il est ou pas. En revanche, ce que nous savons, c'est qu'il a besoin d'un coup de main. Est-ce qu'on peut rester les bras croisés ?

Mael prit une profonde inspiration puis lança finalement à l'étrange visiteur :

— Vous pouvez nous montrer où se trouve notre barque : nous allons vous emmener sur Gavrinis.

Chapitre 7
À la vie, à la mort

Ils n'étaient qu'à mi-chemin lorsque Loïc cessa soudainement de souquer sur les avirons.

— Qu'y a-t-il ? demanda Youna. Tu as vu un revenant ? Un autre, je veux dire…

— Je crois bien que oui, murmura le garçon. Regardez au sommet du cairn !

— Il a raison, déclara l'inconnu, c'est bien mon frère. Il nous observe. Maintenant, il sait que j'arrive.

Ils n'étaient qu'à mi- chemin lorsque Loïc cessa soudainement de souquer sur les avirons.
Qu'y a-t-il ? Tu as vu un revenant ?
Regardez au sommet du cairn !
C'est mon frère. Il nous observe.
Maintenant,il sait que j'arrive...

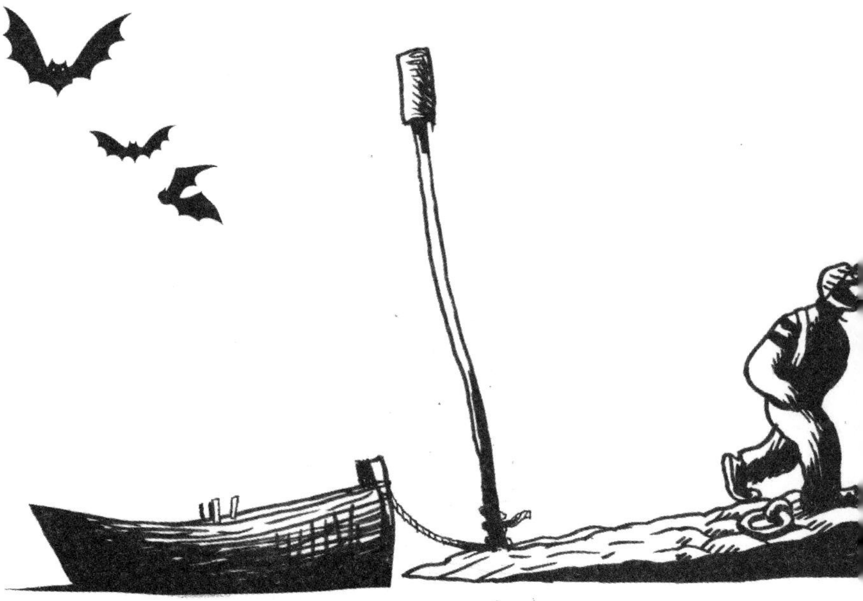

— Tintin pour l'effet de surprise… Tant pis, de toute façon, nous sommes arrivés à quai.

L'île de Gavrinis, contrairement à celle d'Er Lannic, possédait une cale pour faciliter l'accostage des bateaux et le débarquement des nombreux touristes. Ils marchèrent prudemment sur les pierres humides. De nuit, la moindre faille pouvait se transformer en piège. Seul l'inconnu semblait progresser sans se méfier du danger.

— Il ne marche pas, il flotte, fit remarquer Youna.

— Bien sûr, tu as raison ! En fait non, je dirais qu'il vole : d'ailleurs il y a des ailes qui lui poussent dans le dos, se moqua Mael.

— Tu as tort de continuer à jouer l'incrédule. Tu dois bien admettre que ce n'est pas un garçon ordinaire.

Mael ne répondit pas. Cela faisait déjà un moment qu'il avait pris conscience du fantastique de la situation : l'inconnu ne pouvait pas être de chair et d'os. Il le savait mais il refusait de l'admettre pour ne pas être tétanisé par la peur.

— Qu'il soit humain ou pas, nous n'avons pas le choix : puisque nous avons décidé de mettre le grappin sur son frère, autant le faire le plus rapidement possible.

Pour franchir l'enceinte qui protégeait le cairn interdit au public en dehors des heures de visite, les enfants durent se faire la courte échelle.

L'inconnu, comme par enchantement, était déjà de l'autre côté.

— Allez ! on se sépare ! Je contourne le cairn par la gauche, Youna par la droite et Loïc tu rentres le fouiller.

— C'est-à-dire que si nous pouvions rester ensemble ça m'arrangerait, insista Loïc. Je ne tiens pas à me retrouver tout seul dans le couloir du tumulus.

— Tu as bien ta lampe de poche ?

— Oui, mais ce n'est pas sur elle que je pourrais compter en cas de problème... Je préfère que tu sois devant moi : dans les films d'horreur, ils se font tous zigouiller l'un après l'autre parce qu'ils ont eu la mauvaise idée de se séparer.

— D'accord, je reste ici et vous faites le tour. Comme ça, s'il essaie de fuir devant vous, je le bloque. C'est mieux ?

Youna et Loïc disparurent rapidement à l'arrière de la colline artificielle. L'inconnu choisit de ne pas les suivre et de tenir compagnie à Mael.

— Maintenant que nous ne sommes plus que tous les deux, parlons peu mais parlons bien. Qui es-tu ?

— Tu l'as déjà deviné…

— Les fantômes n'existent pas… On n'en voit jamais…

— Il y a bien des choses que l'on ne voit pas et qui pourtant sont réelles. Réfléchis à ceci : la face cachée de la Lune n'est jamais visible, est-ce pour autant qu'elle n'existe pas ?

— Peut-être, mais la Lune ne pourrait exister sans ses deux faces, l'une à besoin de l'autre…

— Comme la vie a besoin de la mort…

— Pourquoi nous avoir choisis, nous et pas d'autres personnes ?

— Parce que vous êtes les premiers jeunes que j'ai croisés… et que les adultes ont perdu le don de voir les fantômes…

Mael sentit un frisson lui parcourir l'échine.

Chapitre 8
Une ombre dans le cairn

— Qui ou quoi que vous soyez, vous nous laisserez vraiment repartir ? qu'on retrouve votre frère ou non ?

— Je n'ai qu'une parole. Je n'aurai plus qu'à vous dire au revoir en vous remerciant.

Youna et Loïc réapparurent au bout de quelques minutes, serrés l'un contre l'autre.

— Alors ? leur demanda immédiatement Mael.

— Personne… S'il y avait quelqu'un, il était bien dissimulé… précisa encore Youna.

— Vous avez bien fouillé le moindre recoin ?

— Ben… C'est-à-dire que nous avions un peu hâte de te retrouver… Alors, forcément, nous n'avons pas lambiné…

— Je vois…

— Ne t'inquiète pas, assura la jeune fille, je suis certaine que nous l'aurions vu s'il avait été dans les parages…

Mael fixa un instant ses deux amis, se demandant dans quelle mesure il pouvait leur faire confiance.

— Bon, alors il ne nous reste plus qu'une piste à explorer : l'intérieur du tumulus… Loïc, prête-moi ta lampe torche, je vais passer en premier.

— Si tu insistes…

Mael pénétra dans l'angoissant corridor, le chemin éclairé par le mince faisceau de lumière.

Le garçon n'avait pas encore atteint sa taille d'adulte mais il devait néanmoins par endroits se baisser pour ne pas se cogner la tête contre la voûte. Avançant à tâtons, il posait sa main libre sur les pierres humides.

Derrière lui, ses amis l'imitaient dans l'obscurité.

— Beurk, lança Loïc, c'est tout gluant comme de la morve.

— Ou du sang, proposa Youna.

— N'en rajoutez pas, leur lança le meneur, marquant le pas avant de se retourner.

Beurk ! C'est gluant comme de la morve.
Ou du sang...

La lumière dans les yeux, Youna ne put s'empêcher de faire une grimace mimant un pendu à la langue débordant de la bouche, alors que Loïc avait l'air d'un lapin aveuglé par les phares d'une voiture.

À l'arrière du cortège, l'inconnu paraissait serein. Youna crut même deviner un énigmatique sourire sur son visage.

— Le couloir s'élargit, fit remarquer Mael qui avait repris sa progression.

— Oui, nous allons bientôt atteindre la chambre.

Mael s'arrêta net devant le spectacle. Avec le recul, les gravures dans la pierre dévoilaient à présent leurs trésors. Principalement couvertes de lignes ondulées, on aurait pu penser que l'océan avait décalqué ses vagues sur le granit.

— J'ai lu quelque part qu'il y a aussi des dessins en forme de hache, de serpent, de…

— Je suis certaine que c'était un cimetière, s'enthousiasma Youna.

— Plutôt un lieu de culte… On n'a pas retrouvé d'ossements pendant les fouilles. Ils devaient y prier la déesse-mère.

— Nous ne sommes pas là pour une visite touristique, l'interrompit Mael.

— Nous sommes surtout venus pour des cacahuètes. Il n'y a rien ici.

Ils devaient effectivement se rendre à l'évidence : le groupe était parvenu à l'extrémité du couloir sans avoir trouvé trace de vie. Ils allaient désespérer lorsqu'une ombre sortit d'un recoin, courut sur les murs et se jeta dans leur direction. Par réflexe, Mael lâcha la torche et mit les bras devant son visage.

Le rayon lumineux n'éclairait plus que faiblement le sol, faiblement mais suffisamment pour qu'ils puissent voir les pieds de l'ombre se rapprocher d'eux…

Quand soudain !
Ne leur fais pas de mal ! Ils veulent simplement nous aider.
C'est bien toi, petit frère ?

Chapitre 9
Les retrouvailles

— Ne leur fais pas de mal ! hurla l'inconnu à l'ombre. Ils veulent simplement m'aider.

— C'est bien toi, petit frère ? demanda l'ombre qui n'en était dorénavant plus une, ayant pris forme humaine dans la lumière de la torche.

En effet, Mael avait aussi rapidement que possible ramassé la lampe et la braquait à présent sur le nouvel arrivant qui ressemblait en tout point à son frère. Un peu plus âgé peut-être…

— Oui, c'est moi. Comme tu peux le voir, je suis venu à toi puisque tu ne m'as toujours pas rejoint.

Mael prit par le bras ses deux amis pour les entraîner en retrait.

— Que faisons-nous s'ils se disputent ? lui demanda Loïc.

— Rien ! surtout on ne fait rien ! On les laisse se débrouiller entre eux.

— On fait le mort, sourit Youna.

Heureusement, la discussion n'avait rien de belliqueux :

— Si je t'ai évité, précisa l'habitant de Gavrinis, c'est que j'avais honte…

— Honte ?! Mais de quoi ?

— C'est de ma faute si le bateau a chaviré. J'étais le plus âgé de nous deux, j'aurais dû prévoir l'accident : le courant était trop fort et le vent trop violent pour naviguer ce jour-là…

— Qu'est-ce que tu racontes ? Souviens-toi : tu ne voulais pas de cette sortie en mer, et c'est moi qui t'ai obligé en te menaçant de la faire seul si tu refusais de m'accompagner. Plus d'une fois, tu as insisté pour que l'on reste à quai.

— Pas assez, visiblement… J'aurais au moins dû éviter qu'on chavire.

— Là encore, tu n'as rien à te reprocher : c'est moi qui étais à la manœuvre et qui n'ai pas choqué la voile assez vite lorsque les rafales de vent ont fait gîter notre bateau.

— Peut-être, mais je n'arrive pas à m'enlever l'idée de la tête que si…

— Ça ne sert à rien de te torturer. Ce qui est arrivé est arrivé. On ne peut pas revenir sur le passé mais nous devons penser à l'avenir. Ce que j'essaie de t'expliquer, c'est qu'en refusant de me rejoindre, c'est à présent que tu me fais de la peine.

— Je n'avais pas vu les choses sous cet angle…

— J'ai pensé que tu étais fâché… J'ai eu peur de ne plus te revoir et de devoir rester seul… à jamais…

— Ce n'était pas ça !

— Allez, suis-moi à présent, allons sur Er Lannic. Je vais te montrer la demeure qui nous attend.

Les deux frères se dirigèrent vers la barque, visiblement heureux de leurs retrouvailles. Leurs visages paraissaient apaisés.

— On les suit ! lança Mael.

Ils grimpèrent tous les cinq dans l'embarcation qui ne tarda pas à prendre le large. Lorsqu'ils atteignirent Er Lannic, les deux frères descendirent immédiatement et se dirigèrent vers les menhirs. Ils se retournèrent juste avant de s'engouffrer dans les eaux froides pour adresser à ceux qui avaient su les réunir un geste de la main en guise d'adieu et de remerciement.

— Je crois que nous avons bien travaillé, déclara ce dernier. Ceux-là vont pouvoir reposer en paix dorénavant. Allez ! Il est inutile de rester traîner ici. On change d'air !

— Ce n'est pas la peine de me le dire deux fois, précisa Loïc.

Les avirons plantés dans la vase, ils poussèrent sur le bois pour se dégager. Jetant un dernier regard, ils aperçurent alors les spectres disparaître dans un menhir comme s'ils se fondaient dans la pierre.

Au loin, dans le ciel, les lumières d'un hélicoptère à leur recherche rayaient le ciel.

Épilogue

Il y a des matins où un petit gars de la côte ne devrait pas mettre le nez dehors.

Ce n'est pas que le vent soit plus violent que la veille ou que l'océan jette des vagues plus dangereuses qu'à l'ordinaire.

Non, ces jours d'ennui, c'est simplement…

… que l'hameçon reste désespérément vide…

… que le bois flotté vogue dans d'autres courants…

… ou que les laisses de mer refusent de s'échouer.

Pourtant, un de ces matins-là, les trois amis qui longeaient le rivage en direction de l'épave échouée savaient que plus jamais ils ne s'ennuieraient. Assurément, plus rien ne serait comme avant.

— Vous êtes d'accord : nous ne parlons de tout ça à personne ? Juré, craché ?

— Juré !

— Craché ! lança Loïc en crachotant.

— Eh ! attention à mes chaussures ! pesta Youna.

— De toute façon, personne ne nous croirait. Les adultes en grandissant oublient comment voir l'invisible.

Mael s'assit sur le sable :

— Ce qui est aussi certain, c'est qu'après une telle aventure il va être difficile de reprendre une vie normale... En plus, je crois que je n'ai pas très envie de m'arrêter là. Je suis certain qu'il y a d'autres fantômes qui peuvent avoir besoin d'un coup de main.

— Ça me dirait bien de m'en assurer.

— Je suis aussi partant. On pourrait former un club secret chargé d'aider les revenants à passer dans l'Autre Monde.

— Et pour sceller notre accord, je vous propose de passer un pacte.

— Ça me va : un pacte signé avec notre sang, déclara Youna. Nous allons faire comme les Indiens : nous allons devenir frères de sang après nous être entaillés les…

— Oh là ! l'interrompit Loïc. Je vous arrête de suite : d'accord pour le pacte mais pas question de m'entailler quoi que ce soit.

— Ne t'inquiète pas, le rassura Mael. Nous n'avons pas besoin d'en arriver là : posez votre main droite sur la mienne et répétez après moi : Nous jurons par tous les moyens et dans le plus grand secret de prêter assistance à tout fantôme qui nous le demandera. Nous sommes à présent et pour toujours Le Club de l'Au-delà, et notre cri de ralliement sera *Ar Bed All* !

Les mains empilées, l'air conspirateur, Loïc et Youna répétèrent aussitôt les paroles de leur ami.

— Par quoi commençons-nous ? demanda Youna en prenant le chemin du retour.

— J'ai ma petite idée là-dessus, déclara mystérieusement Mael.

— J'ai rêvé ou le vent s'est levé ? demanda Loïc en relevant le col de son manteau.

— Non, il n'y pas de vent mais j'ai aussi ressenti un étrange courant d'air, murmura Mael en examinant les environs. Regardez derrière vous !

Lorsque ses deux amis se retournèrent, l'épave avait disparu.

Une mouette vint alors se poser sur l'épaule de Mael.

Fín.

AR BED ALL!

Lexique

CAIRN : Amas de pierres servant de couverture à une sépulture mégalithique.

CROMLECH : Monument mégalithique composé de pierres levées (menhirs) disposées en cercle.

DOLMEN : Construction mégalithique préhistorique constituée d'une ou plusieurs grosses dalles de couverture (tables) posées sur des pierres verticales qui lui servent de pieds. Le tout était originellement recouvert par un amas de pierres et de terre nommé tumulus. Ils sont généralement interprétés comme des monuments funéraires ayant abrité des sépultures collectives.

MENHIR: Monument mégalithique formé d'une pierre levée.

NÉOLITHIQUE: Comprise entre 6000 et 2500 avant Jésus-Christ en Europe, cette période termine la préhistoire. Elle se caractérise par l'apparition de l'élevage, de l'agriculture et donc de la sédentarisation des hommes qui se regroupent dans des villages.

PALÉOLITHIQUE: Période la plus ancienne de la préhistoire, caractérisée par l'industrie de la pierre. L'homme nomade est alors chasseur et cueilleur.

TUMULUS: Éminence artificielle, circulaire ou non, recouvrant une sépulture. On emploie aussi parfois le mot « tertre ».

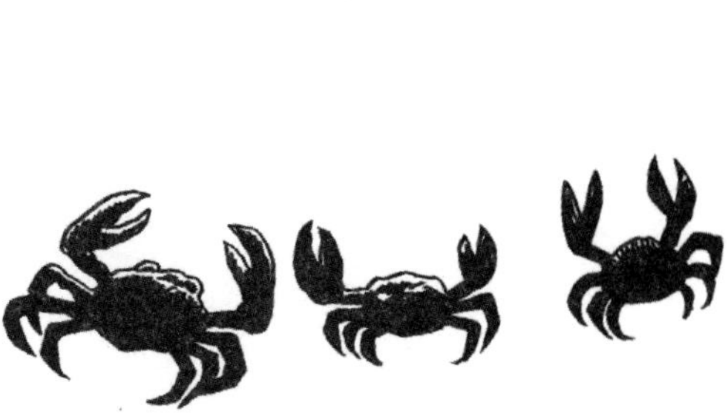

Sur les traces du
Club de l'Au-delà…

Gavrinis

Sur l'île de Gavrinis, positionnée à l'entrée du golfe du Morbihan, se dresse un impressionnant cairn. À l'époque de la construction de ce monument mégalithique (vers 3500 avant Jésus-Christ), l'île était encore rattachée au continent. Avec un diamètre d'environ 50 mètres, le tumulus renferme un dolmen avec une seule chambre. Pour y accéder, il faut emprunter un couloir long de 14 mètres dont 23 des 29 dalles des parois sont ornées de gravures, joyaux de l'art néolithique.

Le travail des archéologues a permis de montrer que la dalle de couverture de la chambre était aussi gravée, notamment d'une hache-charrue et d'un bovidé. Plus étonnant encore, les dalles de couverture de deux dolmens situés sur la commune de Locmariaquer, de l'autre côté de la rivière d'Auray, étaient le prolongement de celle de Gavrinis. Ces trois pierres formaient donc à l'origine un seul menhir géant qui, après avoir été brisé, a été réutilisé par les hommes de la préhistoire !

À 500 mètres de Gavrinis se situe l'îlot d'Er Lannic comprenant une double enceinte de pierres levées (ou cromlech) qui forme deux fers à cheval. Avec la montée du niveau de la mer, ils sont partiellement immergés et une seule enceinte est visible : 33 des 49 menhirs actuellement présents sur le site, qui en comprenait vraisemblablement 70 à ses origines, sont donc recouverts à marée haute.

Les premières fouilles archéologiques ont eu lieu dès 1866 pour se poursuivre jusqu'à nos jours. Elles ont permis de découvrir que quatre menhirs portaient des gravures dont des haches.

*Er Lannic signifie en breton « la petite lande » (*lann *: lande). De nombreuses légendes sont attachées à cet îlot, dont celle qui assure que les menhirs dressés sont les dents du diable mordant la terre de colère.*

Table des matières

AR BED ALL

Le Club de l'Au-delà

Dans la même collection :

Photographies p. 72, 75 : DR.
ISBN 978-2-84346-645-8

Impression Printcorp, Saint-Brieuc (22).
Dépôt légal : 1er trimestre 2014.

« Loi n° 49-956 du 16 juillet 1949
sur les publications destinées à la jeunesse »